«go».

:10

"Do not forsake your friend."

—Proverbs 27:10

La misión de Editorial Vida es ser la compañía líder en satisfacer las necesidades de las personas, con recursos cuyo contenido glorifique al Señor Jesucristo y promueva principios bíblicos.

LOS OSOS BERENSTAIN – AMIGOS FIELES
Edición publicada por
Editorial Vida – 2013
Miami, Florida

Copyright © 2013 por Berenstain Bears, Inc.
Ilustraciones © por Berenstain Bears, Inc.

Originally published in the USA under the title:
The Berenstain Bears - Faithful Friends
Copyright © 2009 by Berenstain Bears, Inc.
Illustrations © 2009 by Berenstain Bears, Inc
Published by permission of Zondervan, Grand Rapids, Michigan.

Editora en jefe: *Graciela Lelli*
Traducción: *Miguel Mesías*
Edición: *Madeline Díaz*
Adaptación diseño Interior: Mauricio Díaz
Directora de Arte: *Cindy Davis*

ISBN: 978-08297-6434-5

CATEGORÍA: NIÑOS/ Aprendiendo a leer/ General

IMPRESO EN CHINA
PRINTED IN CHINA

13 14 15 16 ❖ 7 6 5 4 3 2 1

Los Osos Berenstain
The Berenstain Bears.

Amigos Fieles
Faithful Friends

escrito por Jan y Mike Berenstain
written by Jan and Mike Berenstain

Lizzy Bruin era la mejor amiga de Hermana Oso. Parecía que habían sido muy buenas amigas por mucho tiempo.

....

Lizzy Bruin was Sister Bear's very best friend. It seemed like they had been best friends for a very long time.

Lizzy Bruin y Hermana Oso habían vivido juntas muchas experiencias. Una vez organizaron una fiesta de pijamas que se salió un poco de control.

....

Lizzy Bruin and Sister Bear had been through a lot together. Once they had a slumber party that got a little out of hand.

Participaron en la representación teatral de la escuela cuando Hermano se olvidó sus líneas.

....

They were in the school play that time Brother forgot his lines.

Construyeron su propia casa en un árbol cuando Hermano no les permitió entrar en la suya.

....

They built their own clubhouse when Brother kept them out of his.

Jugaban a vestir a las muñecas,
montaban bicicletas, recogían flores,
rodaban colina abajo y se reían.

....

They played dress up and dolls, and
rode their bikes, and picked flowers, and
rolled down hills, and giggled.

Hermana se sentía contenta de tener una amiga tan buena. Siempre podía confiar en que Lizzy estaría a su lado. Casi nunca habían peleado o discutido. Bueno, hasta que Hermana empezó a pasar más tiempo con Suzy MacGrizzie.

....

Sister was glad she had such a good friend. She could always rely on Lizzy to be there for her. They hardly ever fought or argued. Not, that is, until Sister started to spend more time with Suzy MacGrizzie.

Suzy era una nueva cachorra en la ciudad. Al principio, Hermana y sus amigas no le prestaron mucha atención, pero luego Hermana notó que Suzy estaba muy sola y la invitó a jugar. Desde entonces, Suzy formó parte del pequeño grupo de Hermana.

....

Suzy was a new cub in town. At first, Sister and her friends didn't pay much attention to Suzy. But then, Sister noticed how lonely Suzy was and invited her to play. From then on, Suzy was part of Sister's little group.

Todas las amigas de Hermana, incluyendo a Lizzy, querían a Suzy. Ella era otra cachorra con la que pasar el tiempo y divertirse.

....

All of Sister's friends, including Lizzy, liked Suzy. She was one more cub to spend time with and enjoy.

Sin embargo, Suzy era algo distinta a las demás cachorras. Por un lado, leía a montones y se interesaba en cosas diferentes: la ciencia, por ejemplo. Ella invitó a Hermana una noche a ver el cielo. Suzy apuntó con su telescopio a la luna.

....

But Suzy was a little different from the other cubs. For one thing, she read an awful lot. And she was interested in different things—science, for instance. Suzy invited Sister over one night to look at the sky. Suzy pointed her telescope up at the moon.

—¡Vaya! —dijo Hermana, mirando por el ocular—. Se ve tan cerca. En realidad, podía ver las montañas, valles y cráteres de la luna. Fue muy interesante.

....

"Wow!" said Sister, looking into the eyepiece. "It looks so close." She could actually see mountains and valleys and craters on the moon. It was very interesting.

Un día, Suzy invitó a Hermana a atrapar mariposas. Llevaron sus redes para mariposas y se fueron a un parque.

....

One day, Suzy asked Sister to go on a butterfly hunt with her. They took butterfly nets and went out into the fields.

Hermana atrapó una mariposa amarilla grande que tenía franjas negras. Suzy cogió una que tenía brillantes manchas rojas y azules en sus alas alargadas. Era muy hermosa. Después de haber estudiado las mariposas por un rato, las soltaron, y las mariposas se elevaron por el aire hasta los árboles.

—¡Son tan lindas! —dijo Hermana.

....

Sister caught a big yellow butterfly with black stripes. Suzy caught one that had bright red and blue spots on it and long swallowtails. It was very beautiful. After they studied the butterflies for a while, they let them go, and the butterflies sailed up into the sky over the trees.

"They're so pretty!" said Sister.

Al regresar, Suzy y Hermana se encontraron con Lizzy y sus amigas Ana y Millie. Todas llevaban sus muñecas y peluches.

—¡Hola, amigas! —exclamó Hermana cuando las vio—. Suzy y yo estábamos atrapando mariposas. ¡Debían haber visto la amarilla grande que agarré!

....

On their way back, Suzy and Sister ran into Lizzy and their friends Anna and Millie. They were all carrying their Bearbie dolls.

"Hiya, gang!" called Sister when she saw them. "Suzy and I were out catching butterflies. You should have seen the big yellow one I got!"

—¡Ah, qué bueno! —comentó Lizzy—. Pues bien, nos vemos luego.
—Espera un momento —dijo Hermana—. ¿Adónde van?
—Vamos a mi cochera para jugar con las muñecas —explicó Lizzy.
—¿Podemos ir Suzy y yo también? —preguntó Hermana.
....

"Yeah, great," said Lizzy. "Well, see you, I guess."
"Wait a minute," said Sister. "Where are you all going?"
"We're going over to my garage to play Bearbie dolls," said Lizzy.
"Can Suzy and I come too?" asked Sister.

—Parece que ustedes dos ya están muy ocupadas —respondió Lizzy—. Vamos muchachas.

Diciendo eso, Lizzy y sus amigas se alejaron.

....

"It looks like you two are already pretty busy," said Lizzy. "Come on, girls." With that, Lizzy and her friends went on their way.

—¿Qué te parece? —dijo Hermana, dolida y enojada—. ¿Quién se cree ella que es? Vamos, Suzy, jugaremos en mi casa. ¿Quién las necesita, después de todo?

Cuando llegaron a la casa del árbol de la familia Oso, Suzy y Hermana hallaron a Hermano Oso y al primo Fred sacando sus instrumentos de pesca.

....

"How do you like that?" said Sister, hurt and angry. "Who does she think she is? Come on, Suzy, we'll play over at my house. Who needs them, anyway?"

When they got to the Bear family's tree house, Suzy and Sister found Brother Bear and Cousin Fred getting out their fishing tackle.

—Lizzy y tus amigas te estaban buscando —dijo Hermano—. Les dije que habías ido a jugar con Suzy. Parece que a Lizzy no le gustó eso.

—¡Esa Lizzy Bruin! —exclamó Hermana, enfadada—. ¿Qué le importa a ella con quién yo juego?

....

"Lizzy and your friends were here looking for you," Brother said. "I told them you were playing with Suzy. Lizzy didn't seem very happy."

"That Lizzy Bruin!" said Sister, annoyed. "What business is it of hers who I play with?"

—Me parece que está celosa —explicó Hermano.

—¿Celosa? —dijo Hermana, perpleja.

—Seguro —afirmó Hermano—. Ha sido tu mejor amiga por años. Significas mucho para ella. Lizzy simplemente se preocupa porque tal vez tú ya no la quieras como antes.

—¡Ah! —dijo Hermana— ¡Eso es una tontería!

Era cierto que le gustaba estar con Suzy, su nueva compañera, pero Lizzy sería siempre su mejor amiga.

....

"I guess she's jealous," said Brother.

"Jealous?" said Sister, puzzled.

"Sure," said Brother. "She's been your best friend for years. You mean a lot to her. She's just worried that maybe you don't like her as much as you used to."

"Oh," said Sister, "that's silly!" It was true that she liked her new friend, Suzy. But Lizzy would always be her best friend.

—¿Qué voy a hacer? —se preguntó Hermana.

—Tú sabes lo que la Biblia dice: «Más confiable es el amigo que hiere» —dijo el primo Fred.

A Fred le gustaba memorizar cosas.

—¿Qué? —exclamaron a la vez Hermano y Hermana—. ¿Qué significa eso?

....

"What should I do?" Sister wondered.

Cousin Fred spoke up. "You know what the Bible says: 'Wounds from a friend can be trusted.'" Fred liked to memorize things.

"Huh?" said both Sister and Brother. "What does that mean?"

Suzy contestó. A ella también le gustaba memorizar cosas.

—Pienso que quiere decir que cuando un amigo querido lastima tus sentimientos, debes averiguar qué es lo que le molesta.

—Sí —asintió Fred—. Y la Biblia también dice que no debemos permanecer enojados con nuestros amigos. Dios quiere que hablemos con ellos y hagamos las paces si hemos discutido.

— ¡Ah! —murmuró Hermana, pensativa.

....

Suzy answered—she liked to memorize things too. "I think it means that when a friend who loves you hurts your feelings, you need to find out what is bothering her."

"Yes," Fred nodded. "And the Bible also says that we shouldn't stay angry with our friends. God wants us to make up with them if we have an argument."

"Oh," said Sister, thoughtfully.

—Tengo una idea —dijo Hermano—. Fred y yo vamos a pescar. ¿Qué tal si buscan otras cañas de pescar y pasamos por casa de Lizzy? Podemos preguntarles si a ellas también les gustaría ir con nosotros a pescar.

—¡Excelente! —exclamó Hermana.

Suzy sonrió.

Así que todos se detuvieron en la cochera de Lizzy de camino al lago para pescar.

....

"I have an idea," said Brother. "Fred and I were about to go fishing. Why don't we grab some extra fishing gear and go over to Lizzy's? We can see if they would all like to go fishing with us."

"Great!" said Sister. Suzy grinned.

So they all stopped by Lizzy's garage on their way to the fishing hole.

—¡Oye, Lizzy! —dijo Hermana—. ¿Quieren tú, Ana y Millie ir a pescar con nosotros?

Lizzy actuó como si no estuviera segura. Sin embargo, Ana y Millie dijeron que sí, y Lizzy por cierto no quería quedarse fuera.

Pronto, todos se encaminaron hacia el estanque. Al llegar, Lizzy lanzó su anzuelo hasta la mitad de la represa, pero el sedal se enredó terriblemente.

....

"Hey, Lizzy!" called Sister. "Do you and Anna and Millie want to go fishing with us?"

Lizzy acted like she wasn't so sure. But Anna and Millie were all for it, and Lizzy certainly didn't want to be left out.

Soon, they were all down at the fishing hole. Lizzy cast her line out into the middle of the pond and got her line into a terrible tangle.

—Espera, déjame ayudarte —dijo Hermana, tomando la caña—. Yo lo desenredo.
—¡Vaya, gracias! —contestó Lizzy—. Eres una amiga real, Hermana.

....

"Here, let me help you, Lizzy," said Sister, taking her fishing rod. "I'll untangle it for you."
"Wow, thanks!" said Lizzy. "You're a real friend, Sister."

—¡Siempre lo he sido y siempre lo seré! —dijo Hermana, dándole a Lizzy un fuerte abrazo.

....

"I always have been and I always will be!" said Sister, giving Lizzy a hug.

Y juntas recogieron el sedal enredado.

....

And together they picked away at the tangled fishing line.

[8]